君比閱讀廊

漫畫少女偵探

4

回到案發前的一刻

君比 著

山邊出版社有限公司

目錄
contents

序一

非常感謝君比老師給我機會讓我為《漫畫少女偵探4．回到案發前的一刻》寫讀者序。

記得在我四年級時，好友給一向只愛閱讀英文圖書的我，推薦了《四個狀元的背後》，我便開始閱讀君比老師的書了。而我最喜歡的系列是《夜青天使》和《漫畫少女偵探》系列。除此之外，我還看了《叛逆歲月》、《穿越時HOME》等系列。

在《漫畫少女偵探》這系列中，我最喜歡的女主角是張小柔，她有聰明的頭腦和很強的邏輯能力，真令我羨慕！而男主角，我最喜歡的是宋基，他登場的時候，我真的沒有想過他是個時間旅行者。

《漫畫少女偵探4．回到案發前的一刻》一開始記述了張小柔回到別墅，去Joey家吃晚飯，Joey說還會有一個神秘嘉賓到來。究竟神秘嘉賓是不是宋基呢？小柔又會不會再遇到宋基呢？大家是不是很想知道？那就要閱讀這本書，從書中尋找答案！

最後，我要再次感謝君比老師，給我一個寶貴的機會，可以為她寫序言。

協恩中學附屬小學
六年級學生
林天詠

序二

去年十二月有幸獲得參加君比老師所教的寫作班的機會，雖然只有短短十堂課，卻也讓我獲益良多。之後我想不到自己竟然可以為我喜愛的作家的新書寫序，真是喜從天降！

我一般只看台灣的勵志小說，當我接觸了君比的第一本小說《我們都是資優生》後，第二天放學就飛奔去學校圖書館借了幾本君比老師的小說。雖說我沒看過多少君比的小說，但當我接觸到她的小說後，就有一種無法名狀的熟悉感。

《漫畫少女偵探》系列中，女主角張小柔與漫畫角色藍天的樣子長得一模一樣，身邊的案子和藍天的也幾乎一模一樣，我很好奇竹山勁太究竟會不會穿越時空呢？碰巧，這一集宋基和張妙思老師穿越時空回到了二〇一七年。另一方面，教地理科的王Sir竟然上課遲到了！他的笑容也不見了。一衝進課室來，打開的不是地理課本，而是英文課本！王Sir上課的時候在眾目睽睽之下接電話，還暈倒在地上！原來，王Sir的女兒王冠思被綁架了！小柔、宋基和張妙思老師會怎麼解救王冠思呢？

請你繼續看下去。

圓玄小學
五年級學生
杜曄

序 三

很榮幸君比老師給予我一個難能可貴的機會，為她撰寫此書的序言。與時下喜愛電子產品的中小學生一樣，對書籍我一向不太感興趣，亦因為欠缺耐性，總覺得每本小說的內容都是乏味而且千篇一律的，及至接觸君比老師《叛逆歲月》系列的書。當初只因受這書名吸引而去閱讀的，讀後讓我了解到其他人的成長經歷，甚有同感，亦從此令我愛上了看書。

當中令我印象最深刻的是君比老師的《漫畫少女偵探》系列，故事講述主角張小柔——一位十三歲的中學女生，她發現一套偵探漫畫的主角藍天，無論在相貌、個人特徵、胎記等竟然都與自己一模一樣！但那可是數十年前出版的書啊！驚愕不已的小柔一直感到很迷惘，同時，又有許多匪夷所思的事發生在小柔身邊……

本集是講述學校一位老師王Sir的獨生女王冠思被人綁架的事件，小柔為找出真相，希望能夠與可以穿越時空的宋基回到綁架發生前的案發現場，從而阻止事件發生並尋出真相。豈料，小柔卻因而身陷險境，隨時會失去生命！究竟宋基等人是如何幫助這兩位女生脫險的？真相如何？真兇又是誰？疑兇的目的又是什麼？一系列的問號、一件懸疑的綁架案即將發生……

最後，宋基對小柔與漫畫主角藍天相貌一樣的事作了個大膽的假設，那又是什麼？這就交由讀書們細心去探究了！

牛頭角聖公會基顯小學
六年級學生
丘艾勤

一 期待已久的神秘嘉賓

又回到這幢三層高的別墅了。

也是黃昏時分，別墅後的晚霞背景同樣是彩紫色。整幢別墅，只有樓下一層亮了燈。

兩個多星期前，小柔為了尋找失蹤的張妙思老師，經過一番查探，得來的線索把他們這偵查三人組帶到這幢別墅，成功救出了張妙思和她的男朋友Joey Fong。

因為來自未來的張妙思已在二〇一六年逗留了超過一百二十三日限期，宋基得馬上偕她返回屬於他們的時空——二〇四六年。

在張妙思和宋基手牽手在大家眼前消失之時，小柔竟然淌下了一串淚珠。

這串淚珠淌下的原因，不是因為敬愛的張妙思老師將要暫別，而是因相識只有

短短一天的宋基要離去。

只相處一天而已，或許是因為共同出生入死過，並在他帶領下一次又一次經歷瞬間轉移，過程奇妙，以致有難捨難離的感覺吧。

抑或——抑或我對他有愛慕之情？

「愛」這個字從虛無飄渺處一鑽出來，小柔便臉紅耳熱了。

不輕易落淚的小柔，心底知道這些淚珠落下的原因。

Joey Fong今晚約她和張進到別墅去吃晚飯，還説會有一位神秘嘉賓參與。

這位神秘嘉賓，會是誰呢？

小柔當然期待是他。

沒見面大半個月了，她常常會不期然想起他。上課時，課室門外有人經過，她都以為是他，仔細一看，不是，只覺嗒然若失。

「張進先生，小柔妹妹，歡迎你們到來！請進！」Joey親自應門，把他倆迎進去。

小柔馬上探頭進屋內，只想看看神秘嘉賓是誰，但客廳空無一人，飯廳就只有一個年輕的家傭在餐桌旁擺放餐具。

沒有宋基的蹤影。

希望落空，小柔的心冷了一截，但她仍然跟Joey熱烈地打招呼。

「Hi！你們好！」

餐桌旁的家傭一轉身，把家傭帽脫下，給大家一個大大的驚喜。

「張妙思老師，你回來了！」小柔詫異地道，並衝上前給她一個擁抱。

「是！我早在前天已回來了，雖然已過了二〇一七年的元旦日，但我還是想和你們兩位救命恩人慶祝新年！」張妙思笑道。

「謝謝你，張老師！」張進問道：「你今次回來，是否又逗留一百二十三天？」

張妙思抿抿嘴，回道：「這個問題，我仍未有確實答案。」

「那麼，張老師你會否回學校繼續任教？」小柔問。

小柔妹妹，
歡迎你們到來！
請進！
果然不在……
張妙思老師，
你回來了！
你們好！
是！
我早在前天已回來了。

「會的！我回來當天已跟校長通過電話，明天我便回學校上課。」張妙思道。

「不如，你們先坐下，我們邊吃邊談吧！」

「妙思，你坐下和他們寒暄一下，我進廚房把食物端出來。」Joey替她拉開餐椅，體貼地道。

在餐桌前坐下，小柔還是四處張望。

「小柔，不用再張望了。回來的只有我，宋基沒有和我同行。」張妙思非常了解她的少女心事，湊近她輕聲地道。

「啊——是嗎？」

確定了神秘嘉賓只有張妙思一位，小柔強掩失望之情，平靜地問道：「宋基是否仍未完成考試，所以沒有和你同行？」

「照我所知，他已完成考試，明天開始便放假。他知道我前天回來，但沒有說要跟我同行。我也問過他，他只說：『會在適當時候才去。』」張妙思聳聳肩，

道：「我也不清楚，他指的適當時候是何時。」

適當時候。

明明說過考試後有兩個星期假期，這不是適當時候，還要等哪個時候？

喜歡上一個活在不同時空的人，是一件挺麻煩的事。他說來便來，說走便走，下次見面時間，你永遠也不知道。雙方沒法通電話，也沒法傳短訊，他身處的時空發生什麼國際大事、天災人禍，你也沒法從互聯網或新聞報道得知。

你的擔憂、對他的思念、對這處境的無奈，他都無從得知。小柔的感受，可以對誰說？有誰會明白呢？

「今晚的前菜是黑松露鮮帶子和特濃周打蜆湯。我只是負責洗洗切切傳菜，大廚是妙思！」Joey笑着把托盤上的佳餚端到各人的面前，妙思也站起來幫忙。

兩人的手在桌上忙碌之時，小柔留意到，他倆的左手中指上，都戴着一枚款式一樣的白金戒指。

「咦？張老師，Joey哥哥，你們——是否好事近了？」小柔驚問。

張妙思和Joey相視而笑，張妙思轉頭跟小柔道：「我們認定了對方是另一半，不過，婚期仍未決定。」

「始終，你們是不同時空的人，相戀要開花結果，其中一方一定要作出犧牲，捨棄在自己時空已有的生活。」張進輕輕吁了一口氣之後，道：「你們的家人會接受你們的選擇嗎？這一點，你們考慮過沒有？」

張妙思在位子坐下來，笑容稍稍收斂了。

「張先生，你提出的幾點，我們都考慮過。」張妙思歎道：「當初決定來你們的時空，心裏就只想着要搜集資料寫論文，意料不到的是會遇上自己深愛的人。

「回到二〇四六年時，我有跟我爸媽談及我和Joey的相識和目前的關係，他們先是反對，理由就是不同時空的人不該相戀，真正原因，始終是對我不捨，也怕將來兩人關係有變，我恨錯難返。不過，我最後也説服了他們。」

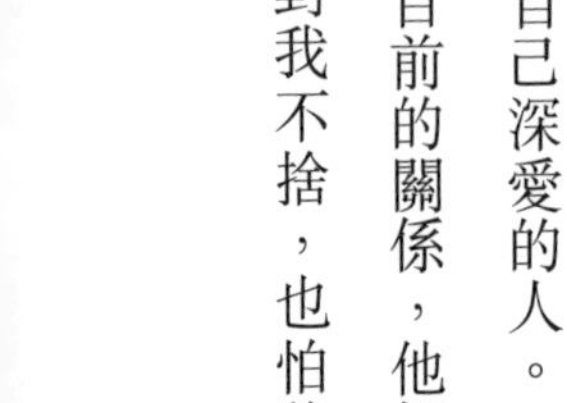

「是嗎？他們願意讓你和Joey哥哥永遠在一起？」小柔兩手互握，來回望着一對璧人。

「沒有那麼快！我只是說服了他們一起到來二〇一六——噢！我該改說二〇一七了！他們答應會一起到來，見一見Joey，並看看這個時空是否真的適合我『遷』來長住。」

「你父母兩人都有穿越時空的能力嗎？」張進問。

「我媽媽並沒有，但我爸爸有。待他的腳傷完全康復，他可以帶領着媽媽到來。我媽媽從沒有經歷過穿越時空，她說自己對此存有恐懼，不過，為了見一見令女兒傾心的人，她會克服恐懼，作出她的第一次！」

二 想給你一個驚喜

張進的車子駛出公路了。在暢順無阻的公路上疾駛，他不禁要問問平日健談的女兒：「你怎麼了，乖女？怎麼一直默不作聲？」

「任何人也會有沉默不語的時候。」

「但張小柔只會在生病時才沉默不語，你不是作病吧？」張進笑問她。

「你明知故問！」小柔嘟着嘴道。

「我是真的不知道才問啊！」張進一臉無辜地道。

「你再扮無知的話，我一星期不跟你說話！」小柔盯着他，惱道，「其實，你什麼都看通看透，但就要逼我說出來！討厭！」

張進長長歎了口氣，道：「小柔，你也知道爸爸一向觀察力不差，但始終男女

有別，你的女孩子心事，我怕摸不中，弄巧反拙。倒不如你告訴我吧！」

「我不大想說話，不如你問我是非題，我只答是或非。」小柔退而求其次。

「好！」張進微笑道：「你是因為看不到最想見到的人，所以悶悶不樂，對嗎？」

「對了一半。」小柔望着前方，回道。

「你以為今晚的神秘嘉賓是宋基，對嗎？」

「對。」

「他不出現，又沒有委托張妙思老師給你傳達口訊，令你很失望。」張進又道。

「對。」

「張妙思老師私下和Joey訂婚，張爸爸張媽媽因為不想女兒要永遠逗留在另一時空而反對。你因而擔心，將來你和宋基私下訂婚，人家爸媽的反對會否更強烈——」

「爸爸，你是否存心要我惱你？是的話你成功了！我打算整個星期不再跟你說話！」小柔兩腮鼓得紅紅，倉卒的別個頭去，看樣子真的要向爸爸宣布「冷戰」。

張進自知開玩笑開出火來了，趕忙「滅火」道：「對不起！爸爸太過分了，說話不經腦袋，我馬上把剛才的話收回！」

「太遲了！我是你的獨生女，你也作弄我！我今次是真的生氣！我由這一秒開始不再跟你說話了！」小柔說畢，兩臂一疊，又把臉一扭，望向窗外。

「真的不跟我說話？」張進再問。

「不！」小柔決絕地道。

「就算有宋基的消息，你也不要聽？」張進試探地問她。

小柔連忙豎起了耳朵，但張進又咪咪笑着合上了嘴。

「你怎樣知道宋基的消息？是張妙思老師告訴你的？為什麼她沒有跟我説？沒理由啊！你竟然會有他消息……」小柔急起來，一疊聲地追問他。

「在你和Joey進廚房洗碗時，我趁機向張老師打聽，得到一些消息。

「可惜，你説由這一秒開始不再跟我説話，那麼，就當我什麼也沒有説過吧——」

「算了！爸爸，今次你贏啦，我暫時不再生氣。快告訴我，你打聽到什麼！」

小柔拉着他的臂膀使勁搖晃。

「喂喂喂——你想交通失事嗎？」張進一手緊握軚盤，一手按着她。

「你不一早告訴我，而是在駕車子時透露少少，若果失事，要怪都是怪你！」

小柔放開她，道。「你快說吧！」

張進稍稍減慢車速，道：「張老師告訴我，其實，宋基打算和她一同回來二〇一七年，但他媽媽極力反對，怕連寶貝兒子都留戀那個時空，忘卻回來爸媽身邊，任憑他如何央求，他媽媽都不讓他隨行。宋基跟張老師說，他覓到適當時機，他一定會回來，不過，他千叮萬囑張老師暫不要告訴你，他想到時給你一個驚喜。」

「原來，張老師隻字不提宋基，是因為他要求她不要提及，留待他突然出現，給我一個驚喜。他是個會守承諾的人呢！」

小柔心結解開了，整個人都暢快起來，就算近隧道入口，交通開始擠塞，也無損她的心情。

她仰頭往車窗外望，夜空是天鵝絨般的墨黑，一鈎晶瑩帶白的眉月在天邊高掛着，楚楚動人。

人在心情大好的時候，看一切景物都是美的。

她熱切期待着宋基的回歸。
只要他回來就好了。
一切事情都會因他而變得美好。

三 王Sir死在我們課室？

「咦！Miss Cheung，你終於回來了！」

當張妙思踏入3A課室，全班不約而同地拍手歡呼起來。

「歡迎回來啊，Miss Cheung！我們很掛念你！」班長吳明代表大家道。

「我也很掛念你們！」張妙思由衷地道。

「Miss Cheung，你往哪兒去了？那天你遲遲沒有來上課，班長往教員室找你，但原來你沒有回學校，校務處職員又說你沒有致電回校請假，之後，我們問代課老師和其他老師你缺席的原因，竟然全都不知情！」

「對不起，我令你們擔心了。」張妙思按着心房，道：「我是有急事，要回家一趟，而我的家，並不在香港。因事出突然，未能通知校方。前天回港後，我已第

一時間向校長道歉，校長已接受，事件已解決了，我可以繼續執教。」

「那太好了！Miss Cheung，你不會再突然失蹤了，是嗎？」有人問道。

小柔馬上把目光調到Miss Cheung身上，屏息靜氣等待她的回覆。

「絕對不會！我向大家保證。」張妙思斬釘截鐵地道。

難道張老師已私下決定永久留在我們的時空？

若然這樣，宋基的爸媽會否更嚴厲看管他，以免這個唯一仍留在身邊的孩子乘他們不覺，偷偷溜回二〇一七年的時空呢？

她自覺這個想法有點兒自私，但她就是無法教自己不想念宋基。

* * *

第二節是地理課。

上課時間已過了九分鐘，任課老師王勁發仍未見蹤影。

「是歷史重演嗎？」班長吳明自言自語地道。

「不會吧!?可能王Sir突然肚痛以致遲到。」

十分鐘過了。

「歷史果真重演了，看來我又要出動——到教員室找他去。」吳明站了起來。

「是否我們的課室有異味，我們的老師才不願來上課？」子樑問道。

「你才有異味！」坐在他身旁的海燕啐他道。

吳明剛步出課室便折返了，緊接着他走進課室的就是王Sir。

平日親切如春日陽光的王Sir，今早笑容欠奉。他失魂落魄的衝進來，連招呼也忘了打，便坐到教師桌後，打開了教科書，翻了又翻。

「上一堂，我們教了Direct and Indirect Speech沒有？」王Sir喃喃地問道。

「王Sir，這是地理課，不是英文課啊！」吳明走出來輕輕揭起王Sir的教科書封面一看，道：「王Sir，你帶錯了書，這本是中二的英文書。要不要我替你到教員室取地理書？」

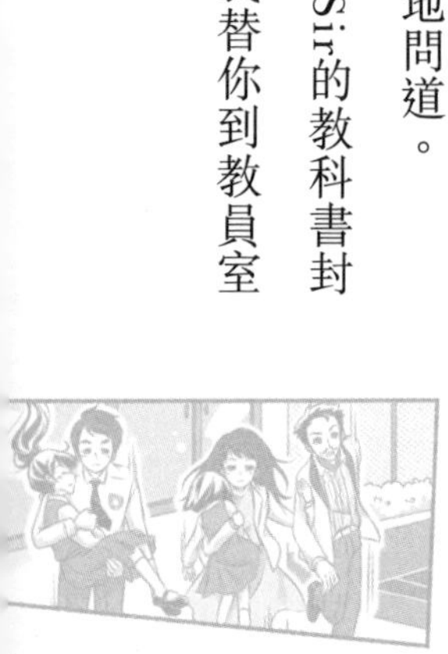

王Sir尷尬的望望大家，索性蓋上了書，道：「今天我……不大舒服，你們自修吧！」

大家面面相覷，吳明馬上「識做」地道：「各位同學，請安靜自修，不要打擾王Sir。」

就在大家紛紛取出課本準備自修之際，一陣響亮的電話鈴聲突然劃破課室的寂靜。

是誰這麼斗膽，在課室開了手機，還把鈴聲調至最大呢？

一眾努力地在東張西望，搜索鈴聲的來源，冷不提防坐在教師桌後的王Sir從褲袋取出手機，大家才驚訝地把焦點投放在他身上。

「喂？」他神色凝重地接了電話，然後，眉頭緊皺，拼成一線。「是嗎……那麼……」

「王Sir在課上講電話？」同學開始竊竊私語。「是什麼重要人物的來電，以致

他在上課時間也必須接聽……」

「喂喂？這兒接收得不太好，請你等一等！」

大夥兒看着王Sir「踏踏踏」跑了出課室，繼續談他的「重要來電」，拋下一片狐疑的一班學生。

「大概是他『老婆』來電說快要入產房，所以這電話非接不可。」有人猜道。

「他剛才的樣子完全沒有再做爸爸的喜悅，反而，我覺得他有些大禍臨頭的跡象！」

「我記得，王Sir曾提及他有一個今年剛升中的女兒。直覺告訴我，他的神不守舍，是因為女兒出事了。當我發高燒的時候，我爸爸也是像王Sir那樣神經兮兮的。」小柔作了這樣的判斷。

「對不起！」王Sir回到課室，站到教台上，微垂着頭跟大家致歉。「我不應該在上課時接電話，真不好意思——」

RRRRRRRRRR
喂？
是嗎……
那麼……
是什麼重要人物的來電，以致他在上課時間也必須接聽……
大概是他『老婆』來電說快要入產房，所以這電話非接不可。
喂喂？
他剛才的樣子完全沒有再做爸爸的喜悅，反而，我覺得他有些大禍臨頭的跡象！
請你等一等！
我記得，王Sir曾提及他有一個今年剛升中的女兒。
直覺告訴我，他的神不守舍，是因為女兒出事了。
當我發高燒的時候，
我爸爸也是像王Sir那樣神經兮兮的。

話未說畢，他的手機又響起了。

「喂？」剛剛才道歉過，手機響起，他又「秒接」了。「對……我正是！你是——你……你說什麼？」

王Sir臉色發青，兩眼圓瞪，然後，整個人向後跌，軟癱到地上去了。

「王Sir暈倒了！」女同學尖叫起來。

「我去隔鄰課室找老師求救！」吳明馬上衝了出去。

「王梓，你不是有上急救課嗎？」徐志清問他。

「我只是報了名，仍未上課！」王梓無奈地道。

小柔馬上衝前察看王Sir。

「他手腳冰冷——」小柔道。

「吓？王Sir死在我們課室?!」膽小怕事的廖美芬掩臉驚問。

「不！暈倒的人，很多都是血氣不夠，會手腳冰冷。王Sir仍有脈搏，他沒有死

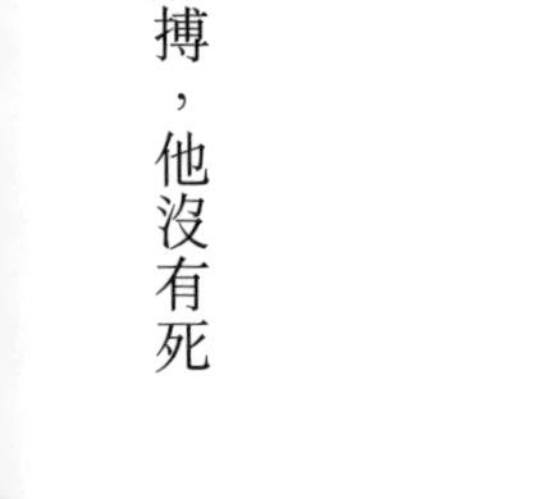

掉，只是暈了……」小柔按着王Sir的手腕，視線卻落到他那部掉到地上去的手機。

手機仍未掛斷，但沒有顯示來電者的號碼。

小柔大着膽子，把手機拾起。

「喂？你是哪一位？」她鼓起最大的勇氣，問道。

「你又是誰？」電話那端的人問道，那是一把低沉的冷冷的男聲。

「我是王Sir的學生。」小柔回道。「你呢？是誰？你究竟跟王Sir說了些什麼，以致他激動得要暈倒？」

「你是無關重要的人，我沒有必要跟你說。」對方回道。

在隔壁上課的陸Sir趕至，馬上着圍觀的同學散開。

「你不告訴我也沒關係，我遲早也會查出！」小柔站起來，走到課室外。

「同學，我奉勸你不要多管閒事！」他厲聲警告她。

「偏偏我就是個好管閒事的人。」小柔在他掛線前回敬他一句。

四 自稱綁匪的來電

在救護車到來前，王Sir醒來了。

一直在陸Sir指示下托着他頸項的王梓，急急向大家報告。「王Sir終於醒了！」

「我……剛才……」王Sir已想站起來。

「王Sir，你剛才暈倒了。現在你覺得怎樣？」陸Sir湊前問他道。

「我沒事了。」他坐了起來，馬上問道：「我的手機呢？」

「你的手機在我處呢！」小柔輕聲道，並把手機雙手奉上。

王Sir一手接過手機，另一手便扶着教師桌，要站起來。

「你還是先躺下來休息一下。救護車快到了！」陸Sir把他按着。

「我沒事，不用救護車，也不用到醫院去。我只是沒有吃早餐而頭暈吧！」王

Sir硬撐着要站起來，但還是因感覺暈眩而坐到椅子上。

「陸Sir，不如我們先把王Sir扶到醫療室休息，等候救護車到來吧！」

「也好！我陪你們到醫療室去。」陸Sir即道。

「不用了！我們陪同便可以了。陸Sir，你班不是正進行測驗嗎？耽擱了同學的時間，不大好。你還是回去繼續監考吧！我有學過急救，懂得照王Sir，你大可以放心。」

「那麼，拜託你們了！」

王梓和志清一左一右攙扶着王Sir，小柔在前頭開路。眾人一走進電梯時，小柔馬上趁機跟王Sir道：「王Sir，剛才在你暈倒前，致電你的到底是誰？」

「你……」王Sir猛地抬起頭來，眼裏一片恐懼。

「王Sir，你不用緊張！我們只想幫忙。」小柔徐徐地道：「剛才你在暈倒前接聽的電話，一直沒有掛線。我後來接聽了，跟他談了幾句，他似乎是個不簡單的人啊！」

「你跟他談過?!」王Sir更是吃驚得心也差點彈了出來。

「王Sir，你剛才暈倒，肯定不是因為沒有吃早餐，而是，電話那邊的人跟你說了些刺激你的話。」小柔續道：「其實，他沒有透露跟你的談話內容，只着我不要多管閒事。」

「不過，他叫小柔不要好管閒事，其實是刺激起她的偵查意慾，令她更希望查出真相！」王梓向王Sir解釋道。

「那個來電者看怕也不清楚他自己已無意中向小柔宣戰了！」志清搖搖頭道。

「王Sir，若果你不介意，可以跟我們說說來電者是何許人，我們可以幫忙的

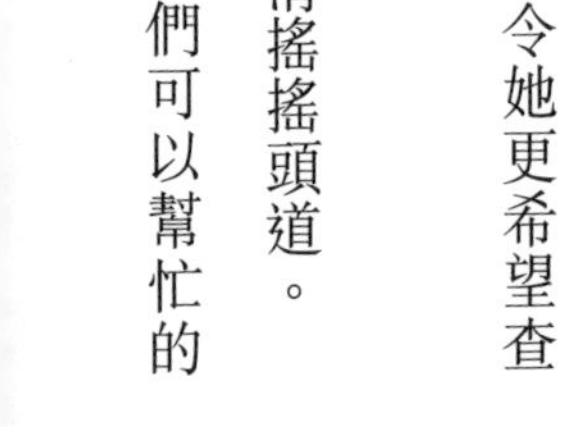

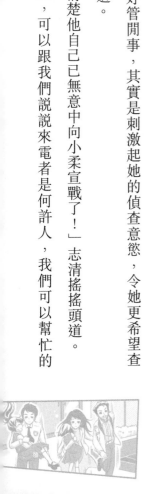

話，定會盡力協助。」

「你們只是學生，怎有能力幫我忙呢？」王Sir歎道。

「早前的周曼曼墮樓案，初時懷疑是自殺，後來證實是他殺，破案者其實是小柔，只是她沒有邀功罷了。我和王梓，也有協助偵查。」

王Sir帶着猶疑和困惑，來回望了他們良久。

一干人終於到了醫療室。

「你們先把門鎖上，我才把一切告訴你們。」王Sir輕聲跟他們道。

終於取得王Sir的信任了！他們鎖上了門，把王Sir扶上了醫療室的牀，圍攏着他，靜聽他的故事。

王Sir把手機擱在牀上，咬咬牙，吐出了這一句：「我的獨女今早被綁架了！」

「綁——」志清忍不住叫了出來，小柔及時蓋着他的嘴，「殺」了差點要跳出的第二個字。

「剛才在課室致電你的，就是綁匪？」小柔鎮定地問。

「是！」王Sir激動得流下了男兒淚。他以手背拭去淚水，稍稍平靜下來後，續道：「實不相瞞，我女兒冠思是本校中一生。她因為怕有無形壓力，所以不希望同學知道爸爸是本校老師，而我也一直沒有告訴同事，除了校務處職員和她的班主任Miss Lam。她們是因為看到學生資料記錄上有我的名字，主動問我，我才悄悄相告。雖然，我和冠思每天在同一地點上班上學，但從不會一起出門。

「今早，冠思如常比我早十分鐘離家。我以為她已回校，但上完第一節課下來，校務處職員竟問我，冠思缺席，是否要請病假，我才知道她沒有返校。最初我還以為她是因為交通擠塞而遲到，後來覺得沒有可能遲到近一個小時，致電她手機，又聯絡不上，擔心她遇上意外。後來看新聞報道，才知道今早有學童被貨車撞倒，捲進了車底，但我仍未能查清學童的身分，便要去上課。而就在我進課室沒多久，手機便響起了。第一個來電，是打錯的，但第二個便是自稱綁匪的來電。」

「王Sir，你可認識他呢？」小柔問道。

王Sir搖搖頭，道：「不認識！他的聲音很冷酷，很陌生。但，他知道我的全名和電話！如果是一般騙徒的來電，他又怎會知道我女兒讀什麼學校，今天就是沒有回到學校？」

「那時的我，太激動，竟然暈倒了，到我醒來時，電話早已掛斷。我記得綁匪跟我說的最後一句話，是着我不要報警，否則……否則我以後也不會見到女兒。」

「綁匪仍未談到贖金，相信他會再來電找你。」

大家的目光不期然地放到牀鋪的手機上。

「綁匪知道你剛才暈倒了，可能會待至少兩三個小時才再來電要求贖金。」小柔又問道：「王Sir，你會聽從綁匪的話，不報警？」

「當然！那是我的親女兒，我唯一的女兒！如果我因為報了警而害死她，我一輩子也不會原諒自己！」王Sir的呼吸又急促起來。

「王Sir，你不要激動！鎮定下來，慢慢呼吸！」王梓馬上安撫他。

「王Sir，你的太太知道此事沒有？」志清待他再平靜下來後，問道。

「我還未有機會告訴她，況且，她到外地公幹了，告訴了她，她也沒法馬上回來，就算她回來，也幫不上什麼忙。」王Sir頹然地道。

「你太太去了什麼地方公幹呢？」小柔問。

「她陪伴上司和同事去了新加坡交流，她是在星星級名師補習社任職補習導師。」王Sir回道。

「哦？是否那間專門催谷學生入名校的補習社呢？」王梓問。

「是。我太太大概五年前開始在那兒工作。」王Sir回道。

「我不大明白。」小柔道。

「你不明白什麼？」志清問。

「綁匪綁架的目的多數是為錢財，所以，他們會選擇綁架城中富豪或其子女。

但，王Sir和太太只是中學老師和補習社導師，為何綁匪會選他們的女兒來綁架呢？如果他們要求千萬元作贖金，以王Sir你們中產的家庭，負擔得起嗎？」小柔嘗試分析道。

「當然負擔不起！」王Sir搖了搖頭。「這班肯定是史上最愚昧的綁匪，一開始便選錯綁架的對象。我就算把所有財產送出，都只能給他們二、三百萬，買層樓也不足夠。這樣精心策劃一單綁架來幹什麼呢？」

「如果綁匪不是為錢，又是為了什麼？」王梓低頭細想了一會，問：「王Sir，你或你太太有否和人結怨？綁匪會否為報復而綁架冠思呢？」

「我們都是老師，天天都是對着學生、同事或家長，怎會和人結怨？給我罵過的學生不會因而綁架我女兒吧？我不相信中學生會策劃綁架！」王Sir決斷地道。

「王Sir，你太太在星星級名師補習社也是擔任教師吧？」小柔問。

「我太太也有教班，但她在補習社的職銜是課程主任，主要工作是向家長講解

課程及給他們子女升學輔導。」

「那間補習社是標榜把孩子送進名校的。王Sir，你的太太主要是面對家長，當中會否有些怪獸家長因子女上完課程但未能成功入讀名校，憤而綁架主任的子女來洩憤呢？」志清作了這個假設。

「你這個假設頗大膽啊！但我不相信會有家長以這極端的方式來洩憤。就算要綁架，都該綁架校長，強逼他提供學位吧？」王梓道。

「王Sir！救護車到來了，請你開開門，讓救護員進來替你檢查一下。」校務處職員敲敲醫療室門，道。

「談話暫停。」王Sir跟大家道：「你們先回課室吧。」

「王Sir，讓我們先交換手機號，方便稍後聯絡。」小柔提議道。

「好。記着，事件就只有你們三人知道，千萬不要揚出去！」王Sir叮囑他們。

五 在樓梯轉角出現的人

「怎樣呢？王Sir有沒有留下訊息？」

午飯後的大小息，小柔冒險在洗手間開手機檢查過，沒有任何新訊息，便馬上走了出來。

「沒有。我相信他要待在醫院至少半天，檢查妥當才能出院。」小柔回道。

「那我們除了乾等，還可以做些什麼？」志清問。

「當然有事情可以做，例如：查一查王冠思的個人資料囉！」

「但我們連她在什麼班也不清楚，早知道剛才問問王Sir。」

「不用問，我自有方法去查。你們在這兒等我。」

小柔走進校務處，不消半分鐘便出來了。

「王冠思讀1D班。」

「你是問校務處職員嗎？」志清問。

「學校近千人，職員怎會知道她在哪一班呢？我是自行查中一級的點名紙，五秒便查出了。點名紙就放在門旁的櫃裏，你們未做過班長，不會知道。」小柔交疊雙手，道。

「知道她在哪一班，又如何呢？她今天沒有回過學校，查些什麼？」

「有一個地方，可以幫我們了解她多一點。」

小柔把他們帶到簿架。

「1D的簿都在這兒……Maths……Science都不是我要的……噢！有了！周記簿！快替我找出王冠思的那本！」

「你想通過周記來了解王冠思？但這對破案有什麼幫助呢？」志清替她翻開幾疊簿搜尋之時，問道。

「我覺得，這綁架案並非純粹為錢那麼簡單。我想了解多一點王冠思和家人的關係，以確定一下，這次綁架案會否是有人自編自導自演。」小柔一邊搜尋一邊解釋道。

「有了！」王梓把王冠思的周記取了出來。「由九月到一月，她寫了二十多頁，你是否打算就站在這兒把它看完？」

「我當然會找個寧靜的地點讓我們三人共讀。」

三人在圖書館一角，把王冠思的周記簿翻開，三顆頭湊在一起，開始讀起來。

十二歲女孩，寫的都是如何適應新的校園生活和交友方面的問題。她似乎和一般女孩沒有太大分別，只是，幾篇周記，都沒有談及家人。

就在他們讀到一半時，圖書館馬主任開始把同學請離圖書館。

「大小息還有兩分鐘，你們要到操場去集隊，現在就離開圖書館吧！」馬主任催促同學道。

「好！我們走吧！」小柔把周記簿捲起，藏在毛衣袋裏，隨着一眾由六樓一直往下走。

走到四樓樓梯轉角時，小柔的右手突然給人拉着，她急得差點兒叫了出來，一抬頭，驚見拉着她手的人竟然是——

「宋基，你回來了！」小柔情不自禁地緊揑着他的手。

「嘩，小柔！沒見兩個多星期，你力氣大了這麼多？」宋基笑道。「我的手指快要給你揑斷了！」

「是嗎？對不起！」小柔馬上放開了他的手。「你是剛剛回來的？」

「是的！」宋基見樓梯上就只剩他和小柔兩人，遂放膽説道：「我媽媽説過，如果今次考試，我考到全級頭三名，便會答應我任何要求。我今早取了成績單，回到家裏，便馬上寫了一張字條給爸媽，急不及待回來你們的時空。我考獲全級第一，相信這佳績可以『換取』到三天到二〇一七年遊玩的機會吧？我預計過，這個時間，該是大小息，你多數會上來圖書館看書，我的預計真的準確。只是，你不是獨自來，所以我一直待至王梓和徐志清不在你身邊，我才現身，給你一個大大的驚喜！」

「喂！你們還不快到樓下集隊？」馬主任的催促突然從六樓樓梯轉角喊下，一跌一蕩的直滾下去。

「這則不是在我預計之內的！」宋基苦笑道。「但，我可以作出補救。」

「如何補救——」小柔話未説完，已被宋基握着雙手。只在一瞬間，她已被轉移到學校後面一條偏僻的小巷。

「咦？你鑽研過瞬間轉移的技巧吧？我們今次不是落在車來車往的大馬路上，也不是突然出現在狹小的電梯裏，嚇壞乘客！」小柔看看這個最適宜「落腳」的地點，問道。

「根據過往數次負面的經歷，我已想出一個好方法。我腕上這條魔術手帶，是我此次旅程的好幫手。我每經過一個地方，若果看來適合作瞬間轉移的落腳點，我便輕觸手帶面作記錄。到我需要瞬間轉移時，只要想及那地方，我便可以立刻回去。」宋基解釋道。

「那真方便啊！」小柔笑道：「不過，一會兒有地理科測驗，昨晚我溫習了兩個半小時，預計今天可以在測驗取得滿分，但如今我人卻離開了學校，那即是——我沒可能參加測驗了。」

「你想回去的話，我可以馬上帶你回校。」宋基道。

「那你失蹤兩個多星期，現在突然回去，如何解釋呢？」

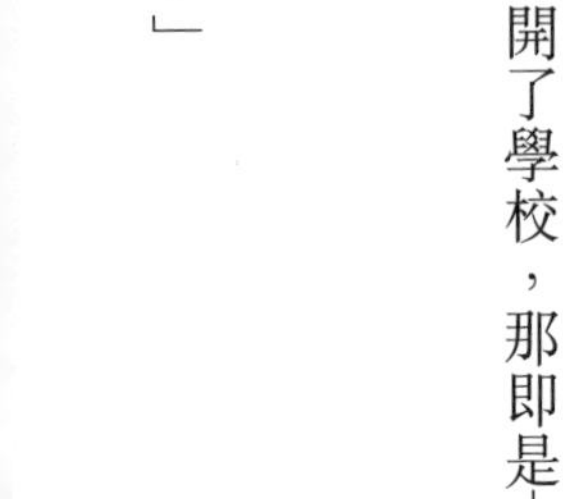

「我有家長信的，爸爸早已為我準備好。我早前給校方的監護人資料上，有聯絡電話。我的監護人——我爸爸的朋友，已為我致電學校請假，我是隨時可以回校的！」宋基問道：「是否就現在回去？」

就在這時，小柔的手機震動起來。

她掏出來一看，是王Sir的來電呢！

「王Sir，你出院了？」小柔急急接電話。

「我沒有什麼大礙，但他們要我家人來接我出院，我只好乘他們不覺，偷偷溜走。我剛踏出醫院沒多久，綁匪便致電我了。」

「他——說了些什麼？」小柔緊張地問道。

「又是叮囑我不能報警。他說，我報警的話，他一定知道，這樣，冠思永遠也不能回家。」

「今次，他有提到贖金吧？」小柔問。

「有。他要求的贖金是三百萬。」

「這個數目，是否你可以籌到的？」

「是有點兒超出了我的能力範圍，但，我向親友籌集，應該可以在限期前籌到。」

「限期在什麼時候？」

「今晚八時半前，我要籌到這筆錢。」

「他約了你在什麼地方交收？」

「他暫時未透露，只說八時半會再聯絡我。我現在約了幾個親戚，希望順利可以借到足夠的數目。小柔，你和王梓、徐志清千萬不要把事件揚開，也千萬不要驚動警方，我只是想冠思平平安安回來，我們今後可以當完全沒有發生這件事。你……明白嗎？」

「明白！最重要的，是冠思可以安然無恙。你不想報警，我能夠理解。你若希

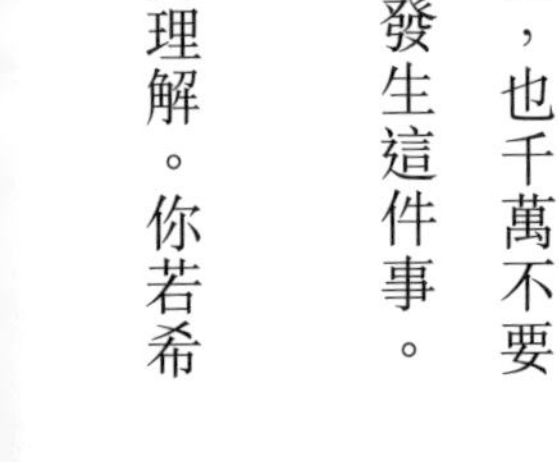

望我們給予什麼幫忙，儘管告訴我！」

「謝謝！我不想冒險，不想畢生後悔，所以，一切都會聽從綁匪指示去做。好，不談了，我趕着去籌錢。」

小柔掛線後，宋基馬上追問：「什麼綁匪？是誰被綁架？」

小柔猶疑了片刻，回道：「當事人是你也認識的，但他不希望事件被揚開。」

「你該可以對我完全信任吧？我不是因為『八卦』而想知道事件，我是真的有能力去查、去幫忙解決問題才希望了解事情來龍去脈！」宋基一臉認真地道。

六 白雪公主真人版女主角

「王Sir，我想問你一件事。」小柔致電給王Sir，問：「冠思今天大約在什麼時間離家？她平時乘搭什麼交通工具回校的？」

「你問這些來幹什麼？」王Sir奇怪。

「我只是好奇想知道。放心！我說過不會報警，就一定不會。」小柔向他保證道。

「好吧！」王Sir遂告訴了她。

「謝謝你，王Sir！」

「王冠思等候小巴的地點是柳碧街和南中道交界前的一個小巴站，她通常是乘搭約莫七時四十五分到站的一班小巴。她今天離家的時間是大約七時二十九分，而

他們的居處是在羅祥道安發大廈。」小柔把時間和地點向宋基講解清楚。

「明白了。」宋基道。「今天七時二十九分，我仍然在二〇四七年。你要我帶着你回去那個時間，但要是二〇一七年的時空，這是我從未試過的，我也沒有十足把握能否成功。不過，為了幫助偵查王冠思的下落，縱使沒有十足把握的事，也要試一試。」

小柔開了手機的Google Map，找到提及的關鍵地點，讓宋基仔細察看。

「盡力而為吧！」小柔懇求他道。

收起手機後，她把手遞給他。「只要我們可以回去七時二十九分，或許可以制止綁架案的發生。」

「知道了！」宋基握緊小柔的手，微笑道：「準備好了吧？讓我們再一次穿越時空！」

就在他們四目交投的一刻，四周的景物像魔術移形換影般完全改了個樣。

小柔仰頭一看身邊大廈的名稱。

安發大廈。

宋基和她順利到達目的地了。

她掏出手機查一查時間。

七時二十九分零三秒。

「你穿越時空的技巧是A＋，時間準確得不能再挑剔。王Sir說，冠思在七時二十九分離家而去，加上等電梯和步行時間，她該在兩、三分鐘內踏出大廈。」小柔估計道。

「慢着！我和你都跟王冠思素未謀面，怎樣認她呢？單憑校服，很容易會錯認了他人。」

「不用擔心！我早有準備。」小柔從口袋取出王冠思的周記簿，揭到首頁。「她向老師首次自我介紹，這張是她的近照。」

「嘩！這王冠思原來是個小美人！」宋基驚道。

「是嗎？你覺得她很漂亮？」小柔嘟起嘴，把周記簿搶回來仔細再看。「她是單眼皮的，皮膚白得有點誇張，像個韓國人。若你認為這類女孩是美人，去韓國或日本吧……」

「小柔，你在説什麼呀？我只是隨意表達意見罷了！」宋基不明所以的望着她。

説實在，這樣「晦氣」的話，在剛重逢沒多久便説了出來，真的不該。

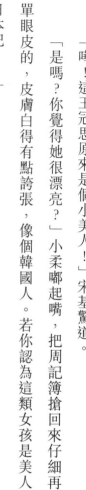

「咦？那——那不就是王冠思嗎？」

就在小柔內疚之際，王冠思在安發大廈門前現身了。

她的真人比相片中的她更標緻，皮膚白裏透紅，齊的直髮幼細如絲。如果白雪公主要拍真人版電影，她大可以當女主角。

「對了，就是她！」小柔拉着宋基，就跟在王冠思尾後走。

七 穿越時空的示範表演

三人走到小巴站，就在候車的時候……

「你們是新搬來這區的嗎？」王冠思竟然轉過頭來跟他們攀談。

「我們？」小柔沒料到她會這麼主動，胡亂答道：「是！」

「不是！」

豈料在同一時間，宋基卻給了她一個相反的答案。

王冠思疑惑的來回看着他倆。

「我是昨天來這一區，他則是前天搬來。真的巧！」小柔吃力擠出一朵笑容。

「啊——」王冠思點了點頭，又問：「姐姐，你的書包呢？」

在午飯時間偷走了出來，小柔當然沒有帶書包，而在午飯時間才穿越時空回學

校上課的宋基則有。

「我的書包？唔——我的書包由我爸爸替我送回學校，因為……我搬屋時執漏了，所以要他今天凌晨返回舊居替我取回。」小柔再歇力地笑着説，笑得嘴也酸痛了。

「你們讀中幾？」王冠思又問。

「中三。」

「中三？教你們地理的，是否王Sir？」她竟主動提起自己爸爸。

「是呢！」

「你們認為他教得好嗎？」

「不錯啊！」小柔回道。

「有小巴了！」

車來了，只有一個座位。

「我先上了。再見！」王冠思輕盈的跳了上車。

車子徐徐駛走了。

「糟了！我們不能就這樣給她離開！綁匪可能就在那部小巴上！」小柔急道。

「又或者，綁匪早已在她下車處守候着，一看見她便把她擄去，那麼——」宋基走出小巴站，把手一伸，截停了一部的士。

甫上車，宋基便跟司機道：「請去吳玉泉紀念中學。」

「不不！不能直返中學！」小柔叫道：「司機，跟着前面那部37號小巴！」

「跟着那小巴？你們仍未睡醒嗎?!大清早學人玩跟蹤？好玩嗎？我才不和你們一起傻……」司機咆哮起來。

「我們會付錢的！」宋基把一疊一百元錢幣在倒後鏡前展示，好讓司機可以「安心」駕駛。

「那麼，好吧！你們坐穩，跟蹤開始了！」司機馬上調整了態度，兩手緊抓着

軚盤，全速前進，沒多久便追上了37號小巴。

小巴停站了，車門打開，下車的是兩名男生。小巴又開行了，然後停站，有乘客上車下車……王冠思仍然在車上，沒有任何異樣。

「你們——為何要跟蹤一部小巴？我看電視劇裏的警察開車追捕疑犯劫匪，緊張刺激得多了。跟蹤小巴，跟着它站站停，真是史上最沉悶的追蹤！」司機竟然抱怨道。

「司機大叔，我們不是拍電視劇，這個跟蹤是不會如你所願高潮迭起！」小柔沒好氣地道。

小巴又再停下來。

「王冠思下車了！」宋基把車費遞給司機，急道。「司機，我們也在這兒下車！」

「喂喂！這兒是禁區，我在街口轉角才可以停車！你們等一等，千萬不要亂下

車！」司機嚷道。

「怎麼她會在早一個站下車呢？下個站較近學校啊！」小柔跟宋基道。

「前面有兩三架大校車停在校門前，前面一段路會塞車，你倆只盯着那小巴，完全不理路面情況。這個女同學早下車是想避過那塞車的路而已！」

司機把車子緩緩駛前時，他們一直緊盯着下了車，向着學校方向走的王冠思。

「糟了！有個男人截停了王冠思，那個……一定是綁匪了！」小柔按捺不住，開了車門，衝了出去。

走近一看，那個男人原來是向王冠思問路，他——會否是藉詞問路，企圖把她擄去呢？

「好！謝謝你！」那男人謝過了她，調頭向相反方向走。

不是綁匪呢！

小柔走在王冠思身後三米，金睛火眼的留意着她前後左右的所有成年人。

「小柔，剛才你衝下車的舉動實在太魯莽了！倘若你遇上意外，我怎辦呀？」宋基追上她後，禁不住要馬上斥責她。

「但，如果不第一時間走到她身邊保護她，或許下一秒，她已經給綁匪擄去了！」小柔解釋道。

是他們的聲量太大吧？王冠思好像聽到了，轉頭過來以奇異的目光望了他倆一眼，令他們噤聲。

三人一前兩後的相隔三米繼續前進，終於回到學校了。

在踏進校園的一剎那，王冠思的三個

女同學已走到她身邊，三人有說有笑的步往操場旁的小食部買早餐。

「奇怪！她已在學校範圍，怎會被綁架呢？難道綁匪是校內的人？沒可能啊！綁了她後，又如何把她『運送』出校外呢？」

「事情會否是這樣的——王冠思根本沒有被綁架，這只是個她自編自導的惡作劇！」

「我覺得這個可能性並不大。」小柔搖搖頭道：「我曾聽過那個綁匪在電話裏那冷酷無情的聲音，我不認為這是個惡作

劇……」

説着説着，小柔感覺到頭頂一片清涼。

「咦？突然下起一陣急雨呢！」宋基馬上把小柔拉到雨天操場。

未幾，梁副校的聲音便在廣播器傳出：「各位同學，因天雨關係，我們的早會將會在雨天操場舉行。」

「慢着！」小柔環視四周一圈，驚道：「早會舉行前下雨，這是昨晨發生的事！早會移師雨天操場舉行，廣播也是由梁副校讀出。究竟怎會這樣的？」

小柔看看手錶上顯示日期的位置，看畢，嘴巴馬上呈「O」型。

「究竟什麼事？」宋基問。

「宋先生，你今次穿越調校的時間沒錯，可是，日期卻早了一天。我們該回去一月十七日星期二的早上，但你帶我們去了一月十六日星期一的早上！」小柔把雙眉皺得連成一條線。

「是嗎？真的抱歉！讓我再試一次，今次我一定會百倍專注，務求降落在準確的……」

上課鐘聲響起了，掩蓋了他的話。

雨點越來越頻密，越來越多同學跑到雨天操場避雨去。

「這兒太多人了，我們要離開的話，有點困難。」宋基一臉為難地道。

「我們到操場後面的飯堂吧，現在那兒該沒有人。」小柔提議，並拉着宋基走到人羣後面。

「喂，你們沒聽見梁副校的話嗎？我們要在雨天操場集隊，你們是什麼班？還不快回去排隊？現在想鑽去飯堂做什麼？抄功課嗎？」一個萬分盡責的女風紀趕到小柔和宋基面前，舉起一隻手攔着他倆。

「不是抄功課啊！我的書包仍在飯堂，我只是想去取回罷了。」小柔馬上撒了個謊。

「好！我陪你們去取書包。」女風紀的「工作熱誠」令人折服。

「你要跟着來就隨便吧！」宋基懶得理她了，拉着小柔便往飯堂走。

「你的書包呢？我看不見這兒有書包啊！」女風紀聳聳肩，兩手一揚，質問似的道。

「我的書包的而且確在學校範圍，只是它不在這個時空。」小柔對硬要跟隨她來的女風紀坦白地道。

「你在說什麼呀？『不在這個時空』是什麼意思？」她追問。

「我的書包在明日的時空，我們是一不小心來錯了，現在要回去。」小柔如實告之。

「來錯了？你的話很難令人明白。」

「你看一次就自然會明白。」宋基道。

「怎麼？你們現在想給我示範表演？」女風紀很是詫異。

「我們是要馬上回去。你有興趣看的話，不要眨眼了。再見！」小柔回道。

宋基拉着小柔的雙手，倒數了三下：「三、二、一！」

八 連一毫克的愛也找不到

小柔和宋基再一次站在安發大廈前面。

「今次，地點、日期、時間都正確！」小柔看看腕錶，滿意的點點頭。「還比王冠思離家的時間早了十分鐘呢！」

宋基長長吁了口氣，道：「好大壓力呢！我還擔心今次穿越又有失誤！」

「今次很順利，辛苦你了！」小柔雙手合十，心裏想到：那女風紀一定給他們穿越這舉動嚇壞了，便鬼鬼的笑起來。

「既然我們早到了，我……去一趟洗手間，該沒問題吧？」宋基指指前面的公園，道：「公園裏該有洗手間。」

「沒問題！你速去速回！」

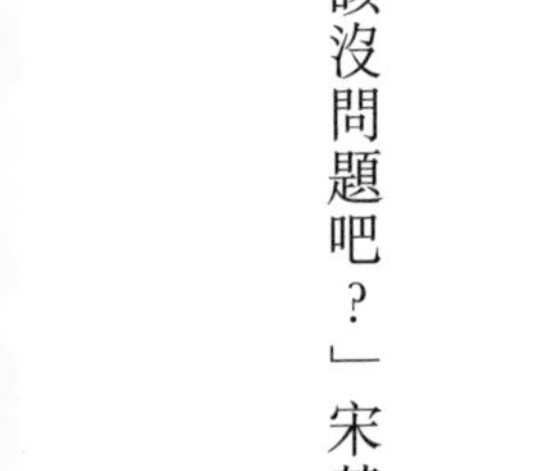

宋基一走，小柔便倚在欄杆前自然地把手插進毛衣袋，無意中觸及王冠思的周記簿，遂取出來繼續翻閱。

人是否一定要結婚？要生兒育女？這都是必須要做的嗎？

在十一月十三日的一篇周記，王冠思問了這些問題。

一個十二歲的女孩子，怎會由普通少女的交友問題一下子轉到成人問題呢？

人生是否要這樣才算圓滿？

如果一個表面上完整的家庭，其實只是彰顯一個幸福的假象，當中的家庭成員連一毫克的愛也找不到，這個家，嚴格來說還算不算是一個家呢！

是嗎？她身處的家原來是這樣的嗎？

人家總以為爸媽都在頂級大學畢業，同樣從事教育，是天造地設的一對。而我，這個出身教育世家的人，會給人羨慕，說我命好，有機會在一個近乎完美的家裏成長，有文科及理科最優秀人才的培育，我會是個前途無可限量的人。

大家都覺得，我該為我的幸運而感恩。

是嗎？

或許我是世上唯一一個不懂得幸福是何物的人。

王冠思的班主任只在她的周記上寫上「約你面談好嗎？」而她之後的幾篇周記都沒有再寫關於她的家庭和她這心思細密女孩的心底話。是班主任約她面談後解開了心結，抑或是她選擇封閉自己，不再談她的少女心事了？

小柔輕歎了口氣，一抬頭，便看見王冠思推開大廈閘門，走了出來。

怎好呢?宋基仍未回來啊!

沒辦法!回來了早上七時半的時空,只希望能制止綁架案的發生,惟今之計,只好自行跟蹤。

「咦?又是你呀,姐姐!」王冠思遠遠看見她,已微笑着走上前來跟她打招呼。

是呢!因為「昨天」遇見過,大家早已認識。

「那麼巧!你也是這個時間去乘小巴?」

「是的!我們一起走吧。」小柔點頭笑道。

「你的朋友呢?」王冠思好奇問道。

「他快來的了。」

「你不用等他?」

「不!他會自行去小巴站。」小柔轉頭朝公園多望一眼,還是沒有宋基的蹤

影。

「我叫王冠思，讀1D。姐姐，你呢？」

「我叫張小柔，3A班。」

「小柔姐姐，為何你今天仍然沒有書包呢？」

「唔。問得好！」小柔又再擠出一個笑。「我昨天又把書包留了在舊居，我爸爸要再一次替我送書包。」

「原來如此！」王冠思竟然相信她這個撒得極差的謊。「小柔姐姐，我想問你一個問題。」

小柔跟着王冠思由大街轉進一條小巷。

「什麼問題？」

「昨天回校途中，我聽到你和你朋友在我身後傾談，我肯定聽到你提及『綁匪』二字。究竟是什麼回事呢？」

這個王冠思竟有一對超級靈敏的耳朵！

「我們只是擔心，你每天走這條比較僻靜的路，會否有一天遇上綁匪呢？」

「但，走這條捷徑可以節省至少六至七分鐘。可以多睡幾分鐘嗎，不好嘛？我才不信會有綁匪來綁架我！」

剛說完，王冠思突然被人從後掩着嘴臉，小柔見狀，馬上衝前營救，冷不提防自己也被人從後掩着嘴鼻，一陣強烈的哥羅芳從她鼻孔湧進，在掙扎時，兩手亂抓，把要擄走王冠思的男人面上的口罩扯下。

在小柔失去知覺前，她隱約聽見有人說：「扔下她吧！這個不是我們要的！」

「她扯下我的口罩，會認得我的樣子……」

小柔姐姐，我想問你一個問題。
什麼問題？
昨天回校途中，我聽到你和你朋友在我身後傾談，
我肯定聽到你提及『綁匪』二字。
究竟是什麼回事呢？
我們只是擔心，你每天走這條比較僻靜的路，
但，走這條捷徑可以節省至少六至七分鐘。
可以多睡幾分鐘喎，不好嘛？
我才不信會有綁匪來綁架我！
唔！

九 瘋狂穿越八次

「對不起，王Sir！我是張妙思老師。」

從銀行提取了大筆現鈔作贖金，剛離開了櫃台，王Sir便接到張妙思老師的來電。

「張老師？有什麼事呢？今天我請了病假啊！」

「王Sir，不好意思！我不是為公事而致電你。」張妙思道：「實不相瞞，我知道你女兒被綁架的事。」

「你——你你知道？是誰告訴你的？」王Sir驚問。

「是我的弟弟宋基。」

「宋基？是十二月來上了一天課的那個插班生？他好像一月開始便沒有再回學

校，今天我也沒有見過他出現，他怎會知道冠思的事？」王Sir不解。

「事件是有些複雜，」張妙思頓了一頓，又道：「總之，綁匪現在不止綁了冠思，很大可能還擄去了張小柔！」

「張小柔？你說的是3A的張小柔？」

「是的，就是她。」張妙思回道。

「怎會呢？冠思該並不認識她，她倆又不同級，張小柔好像並非住我那區……」王Sir一臉疑惑的道。

「恕我未能在短時間內向你解釋清楚，總之，小柔和冠思是同時被綁架了，而綁匪的目標，該只是冠思一個。王Sir，綁匪與你通電話時，有否提及他們同時擄去小柔呢？」

「沒有啊……喂喂……我這兒接收訊號比較差，我一會兒再找你吧！」

放下手機後，張妙思無奈地跟張進道：「綁匪並沒有跟王Sir提及小柔也被綁

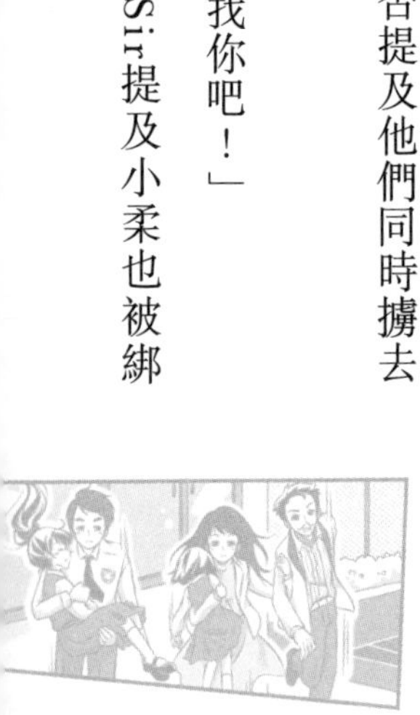

呢。」

「那怎辦呀？小柔現在可能落進綁匪手裏，生命危在旦夕——」志清急如熱窩上的螞蟻。

「你這樣說，只會令人神經緊張，於事無補。」王梓道：「我猜，綁匪只是求財，不會傷害肉參的。」

「我——始終沒有親眼目睹小柔被綁匪擄走，只是憑推斷作了個大膽假設。」宋基低着頭，萬分歉疚地道。

「既然你可以隨時回到過去，不如你再回去小柔和王冠思被綁架前的一刻吧！」志清提議道。

「你怎知道我有能力回到過去？」宋基詫異地問他。

「是小柔早前和我們傾談時，無意中說了出來。但你大可以放心，我們一定會守密，絕不會胡亂說出去。」志清回道。「我再說一次，既然你可以回到過去，不

如就回去她倆被綁架前的一刻，不就可以制止這事件發生嗎？」

「坦白說，我去完洗手間，回去那大廈前，發現小柔不見了，已第一時間四處尋找，不遂，便想到她該是同時被擄去，我已馬上嘗試回去那個時間，但越是心急，便越是回不了去準確時間，我又不知道她倆在哪個地方遇上綁匪，找到的機會似乎很微。瘋狂試了八次之後，我已近乎虛脫。無可奈何地，我只好回來你們的時光，向你們求助。」

「唉——你不去洗手間，便不會發生此事！」志清托着頭，苦惱的道。「你去這趟洗手間，代價很大呀，宋基！」

「現在埋怨是無補於事的，不如想想補救的方法。」張妙思跟志清道。

「我有一個提議，但要你們幫忙才行。」張進道。

「你儘管說吧！我能力範圍可以做到的，我一定會做。」張妙思道。

「與其在等王Sir或等綁匪消息，不如我們主動出擊，嘗試再回去今早那個時

空，看看能否成功制止綁架的發生，又或者可以找到追查的線索。不過，我希望張妙思老師你陪同我和宋基一起去，人多好辦事。宋基，我知道你今早瘋狂穿越了八次，但因為你曾到現場，熟悉環境，如果你願意再去——」

「Uncle，我一定會去。是我當時遺下了小柔，是我做錯了，我有責任協助解決問題。」宋基打斷了他的話，道。

「我當然也會去。現在已是下課時間，我們隨時可以起行。」張妙思道。

「我們也一起去吧！」王梓和志清道。

「你們留下吧，不用太多人。」張進道。

「Uncle，你不是說，人多好辦事嗎？」志清問。

「是，不過，太多人又會亂事，所以，我們三人去就可以了。你和王梓留守在這裏，與王Sir保持聯絡。就這樣決定吧！」

十　時間旅行「發燒友」

「OMG！宋基，你帶了我來男廁！」

張妙思張眼一看，只見面前幾個尿兜，臭氣撲鼻，中間還有個一身晨運衣着的老伯站着，準備小解，他駭然看見張妙思，馬上拉起褲鏈，大叫起來：「小……姐，是……你從哪兒來的？是我看錯了？」

「對不起！是我們走錯地方。伯伯，你請慢用！」張妙思拉着宋基和張進匆匆離開了男廁。

「家姐，你稍安勿躁！抱歉要在我今早來過的男廁『降落』，但一看地點，我知道今次我來對了時間！小柔該依然在大廈門前等待我，我們現在跑過去，仍趕得及！」

「你帶路吧！」張進道。

宋基領着二人向安發大廈狂奔。

大廈外並沒有小柔的影蹤。

「我們還是來遲了！」張妙思喘着氣失望地道。

「不！不算遲！現在才是七時三十四分，小柔和王冠思該仍未到小巴站，仍在途中。今次我帶你們走一條未走過的路，我覺得，找到她們的機會會很大。」宋基蠻有信心地道。

「好！現在就靠你了！」張進拍拍他的肩，道。

三人跑上一條往小巴站的捷徑，就在剛踏進小巷，張進遠遠便看見兩名戴着口罩的黑衣男子，正把一名女學生抱上一部七人車。

「喂！你們站定不要動！」張進指着他們，厲聲喝道。

他們聞聲，轉頭過來一看，然後大力關上門，跳上前座，開動車子準備離開。

宋基狂跑至巷尾時，車子已駛走了。他正想跑上路面追，七人車卻早在轉角消失了，追無可追。

「不用擔心！我有plan B！」張進不慌不忙地道。

「Uncle，你的plan B是什麼呢？」宋基問。

「幸好我早前認識了一位朋友。在今天這情況下，只有他有能力幫忙。」

「他是誰？」宋基問道。

* * *

「好！麻煩你了！」張進掛了線，馬上揚手截了一部的士。

「張先生，我們現在要去哪兒？警署？」張妙思問。

「我有確實地址了！」張進上了的士後，跟年輕的司機道：「麻煩你！我們要去士達龍道。」

「士達龍道頗長啊！你有沒有門牌號？」司機反問。

「沒有。我要去的，是士達龍道尾的昌英工業大廈。」張進回道。

「好。到了後找一找。」司機開動車子了。

「Uncle，你怎可以偵查出那部七人車的去向？」宋基又問：「你是否早在小柔的手機裝有追蹤器？」

「其實是小柔手機的裝置序號。我向一位早前認識的警探刑Sir求助，他要我提供她手機的裝置序號，他便可以請同事憑序號追查她身處的位置。現在他正和同事趕往

該處，但因地點偏遠，他們約莫四十五分鐘才能到達。」張進苦笑道：「這就是仍身處自己時空的好處，你總會找到一些可以幫助你的朋友。若換了是在你們的二〇四七，我真不知道該可以怎樣做……」

司機從倒後鏡好奇望望他們，道：「你們——請問你們是否時間旅行者？」

三人交換了一個眼神，仍未正面回答司機的提問，他已急不及待地道：「終於給我遇上一班時間旅行者了！真是皇天不負有心人！你們知道嗎？我自小便非常沉迷時間旅行，讀了許多關於穿越時空的書。你們是從哪個時空來的，是否剛才你提到的二〇四七？」

張進瞄一瞄他安放在前座的司機牌照資料，道：「朱先生，我們其實是有一項特別任務在身——」

「我對你們這特別任務很感興趣，可否讓我參與其中呢？」司機大膽提出請求。

「你對事情一無所知，便要求參與？」宋基反問道。

「我們一般人的人生其實極其平淡，每天都重複着同樣的工作，沒有什麼挑戰可言。我是在鑽研時間旅行的資料時，才會感受到人生的樂趣。你們就給我點兒工作，總之，有機會參與，我三生有幸！」司機興奮地道。

遇上了時間旅行「發燒友」，是緣分吧？

「你接載我們去士達龍道，已算是參與其中，我們很感激你。因為今次任務比較危險，所以，我們還是自己執行好了。」張進淡笑道。

「就讓我義務載你們去吧！一會兒，你們完成任務，我載你們去你們要去的地方，可以嗎？」司機問。

「那可不必了。」宋基回道。

「不必？不必的意思，是——你們完成任務後，會馬上回去屬於你們的時空，是嗎？」司機兩眼滿是盼望。

「正確。」張妙思點點頭道。

「嘩！真是期待！在你們穿越時，我會否有幸在一旁觀察？若可以目送你們離開這時空，我朱英俊真的死而無憾！」司機整張臉也泛光。

「看着我們穿越，便死而無憾？你是否誇張了一點？人生還有很多事情比穿越時空更重要吧？」宋基苦笑道。

「你們穿越時空可能像乘巴士、港鐵那麼簡單，但對我們這些凡人來說，目睹人家穿越一次，已足夠我們一輩子回味啦……」

「我們到了！」張進看着前面不遠處一幢殘舊的工業大廈，沉着聲道。

十二 黑沉沉的單位

「我們現在就進去吧！」張進仰頭看看面前這幢該是荒廢了的工業大廈，道。

「張先生，你那警探朋友有否要求你會合他，一起進去呢？」張妙思謹慎地問：「警方有警槍或警棍，對付綁匪一定要有武器才行；我們赤手空拳，怎樣和綁匪搏鬥呢？」

張進在地上拾起兩條粗粗的木棒，遞給他們道：「嗱！現在我們有武器了！」

「要我幫忙嗎？我可以當後援！」司機從車窗探頭出來，問道。

「不用啦！謝謝你。若果你堅持要留下，就請你代我告訴待會兒到來的警探刑Sir，我們先進去了。」張進跟他道。

「放心！包在我身上！」司機拍拍胸口，道。

「這大廈只有六層。」張進看看大廈入口一部已不能操作的電梯按掣，道：「我相信那兩名綁匪帶着兩名女孩，該只會匿藏在一樓或者二樓，我們先上一樓吧！」

三人循地下盡頭的一條樓梯走上一樓。

大廈每層只有三個單位，而一樓三個單位都中門大開。

張進輕聲跟他們道：「我領先，你倆殿後，若見到綁匪，我會盡全力以一擋二，你倆則負責去找小柔和王冠思，找到後馬上以瞬間轉移，把她們帶回去我們的時空，她們安全了，才回來接我。」

「Uncle，我們一起來一起走，不會丟下誰！」宋基拒絕道。

「讓我們先看看綁匪有多少人吧！」張妙思道。

「好！我們見機行事。」張進道。

一樓A和B單位都空無一人。

三人遂躡手躡腳走進C單位。

裏面一片黑沉沉，差不多所有窗都給報紙封着。

就在一張長枱後面，他們見到其中一個黑衣男人緩緩走過，三人馬上蹲下。只見黑衣男就在長枱一角坐下，打開枱上的一個膠袋，取出兩盒三文治，打開，開始大口大口吃起來。

突然，一陣清脆的手機鈴聲響起了。

聲音微弱，但張進當然認得，那是小柔的手機鈴聲啊！

他的心提起來了。

那黑衣男人放下吃了幾口的三文治，走到長枱旁的一個大木箱後。張進只見他彎下身好一會兒，站起來時，手上多了一部手機，那當然就是小柔的手機。

黑衣男人按了幾個掣，把手機關掉了，擱在桌面，拿起三文治繼續往嘴裏塞。

張進逐步移到長枱後，終於，他發現小柔和王冠思了！

在滿是廢紙垃圾的地上鋪了兩塊膠墊，兩個被擄的女孩就躺在墊上，雙手雙腳

都被膠帶綑綁。

她們樣子像是在沉睡中，該是被綁匪用藥迷暈了。

就在他們準備靜靜把她倆帶走的時候，突然，一把響亮的女聲打破了寂靜。

「你們竟然把她帶來這個像是荒廢幾十年的髒地方？」

是個戴着墨鏡紮着馬尾的灰衣女人。

「你不是要我綁她回來嗎？當然是藏在這樣的地方最安全！難道要我租一間酒店總統套房來安置她？」黑衣男人怒道。

「怎麼？怎……」灰衣女人走到長枱後，看到躺在地上的兩個女孩，驚問道：「我只要求你綁架王冠思回來，你怎麼會多綁架一個？她……是誰呀……」

「誰知道呢？」黑衣男人道：「今早，這女孩跟你要我綁的那個居然走在一起。我只是打算綁架一個，不過，不一併帶走另一個的話，會很礙事，我是逼於無奈才把她也綁走。我呀——不要求收多你一倍錢，已夠仁至義盡了！」

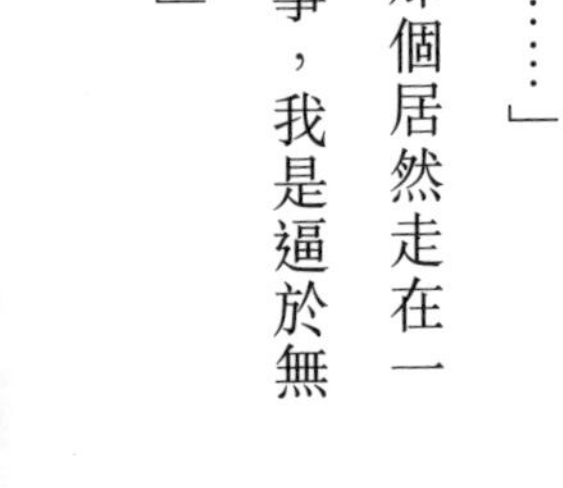

「沒理由的！她每天都是獨自回校的，怎會在行事的一天，偏偏多了個人在她身邊呢？」灰衣女人不禁問道。

「是她『唔好彩』啦！」

是另一個綁匪的聲音。這個和灰衣女人戴着同款墨鏡的綁匪，身型比較矮小，和灰衣女人高度相差無幾，但身材健碩。

「那如何處置多餘的一個？」黑衣男人問道。「幹掉她？」

張進一聽到這，惱怒得差點兒跳起來，幸好宋基及時按着他。

「你瘋了嗎？我只請你替我綁架一個人，不是要你去殺人，你想也不要想！」灰衣女人罵道。

「其實，那女孩只是扯脫你的口罩，看了你一眼而已，她根本沒可能在半秒裏便記住你的樣貌，你則要堅持把她也帶回來，真的多餘！」矮小男人啐道。

「喂！喂！你倆會遠走高飛，當然沒有什麼好懼怕的，但我呢？我可以去哪兒

呀？當然要事事小心為上！」黑衣男人問道：

「那麼，你們想如何處置她？把她載到荒山野嶺，棄置她在山頭？抑或把她扔進水塘去？」

「扔進水塘，不等於殺了她？」

「喂！你們說夠沒有？你們竟然會這樣對待一個只有十三歲的女孩?!那個是我女兒呀——」張進怒不可遏，從長枱後衝出來，揮動起木條，作勢要打人。

「Uncle！」宋基和張妙思來不及制止他了，只好齊齊站起來。

兩男一女綁匪給他們嚇個措手不及，黑衣男人呆了一呆，才拿過擱在枱上的一個袋，

從裏面取出一把手槍，指嚇他們，道：「我有槍，你們不要亂來，否則兩敗俱傷……」

宋基和張妙思交換了一個眼神，然後衝到張進跟前，一左一右的握着他的手臂。

瞬間，三人已回到大廈外面，是十五分鐘前，他們剛下了的士。

「Uncle，你不要太衝動！否則，在不同的時空發生傷亡事件，就極麻煩了！」宋基拉着張進，解釋道。

張進定過神後，道：「對不起！剛才我太衝動，差點害了大家。我們再來一次吧！知道了他們所在位置，就好辦事了。不過，小柔和

王冠思仍然未醒，若果要把她們帶回我們的時空，會否有困難呢？」

「如果我和家姐把她們抱在懷裏，就沒有問題！」宋基道。

「你要把小柔抱在懷裏？」張進張大口問道。

「我只是想把她帶回我們的時空，並無非份之想。Uncle，你大可以放心！」宋基向他保證道。

「但是，其中一個綁匪有槍，姑勿論那是真槍抑或假槍，要救小柔和王冠思都有一定的危險，再加上她們還是失去知覺，挽救方面，我擔心會有些困難！」

「唏！你們仍未上去嗎？若要我幫忙，儘管出聲！」朱英俊從的士探頭出來道。

張妙思頓了一頓，道：「我有一個建議，不知道你們會否接納。」

「願聞其詳！」張進道。

十二 從天而降的人

「啪！啪！啪！」

連續三下的撞擊玻璃聲響起，黑衣男人給嚇得手上的三文治也跌到地上去。

他旋即走到窗邊拉開貼在玻璃的報紙察看外面。

一個男人站在樓下向他揮手。

黑衣男人好奇推開窗子，向這陌生人問道：「我認識你嗎？」

「我認識你，但你不認識我！」他高聲道。「你好嗎？」

「剛才是你在向我的窗擲石子？」黑衣男人板着臉問他。

「是呀！我眼界是否不錯呢？百發百中啊！」他笑道。

「你斗膽再擲石子的話，我就向你開槍，我也是百發百中的！」黑衣男人向下

喊道。

「你有槍？你真的有槍？我才不信呢！」陌生人故意挑釁他。

「豈有此理！你竟然不信我有槍?!就讓你見識一下吧！」

黑衣男人氣沖沖的回頭去取槍，返回窗前時，陌生人早已不知去向。

「躲到哪兒去呢？」

在他正咕嚕着，灰衣女人和矮小男子走進來了。

「你們竟然把她帶來這個像是荒廢了幾十年的髒地方？」灰衣女人高聲問道。

「你不是要我綁她回來嗎？當然是藏在這樣的地方最安全！難道要我租一間酒店總統套房來安置她？」黑衣男人怒道。

「你把她藏在什麼地方？」灰衣女人四處張望，都不見她要找的人。

「不就在那些膠墊上嗎？」黑衣男人問。

「膠墊上哪有人呢？」灰衣女人問。

「咦？」矮小男子衝上前察看，大驚道：「我明明親手把王冠思放在膠墊上的！你把她們轉到哪兒去了？」

黑衣男人這才發現，剛才躺在膠墊上的人兒，兩個應該仍未回復知覺的女孩，已在他與窗外的擲石人對話時「消失了」！

＊　＊　＊

「嘩！」

學校工友美姐在清潔操場邊的坑渠時，張妙思等「一行五人」突然在身邊出現。

「張老師，你們……怎麼會好像從天而降似的？我完全察覺不到你們從哪方向

走過來啊！」美姐一手按着胸口，另一手還拿着掃帚。「咦？那兩位女同學不舒服嗎？」

「是呀！她們該是由早上至今都沒有吃過東西，所以暈倒。」張妙思忙亂中找了個借口。

「我幫忙扶她們到醫療室吧！」熱心的美姐放下掃帚，準備把手套脱掉。

「不用扶了！我沒事了！」

伏在宋基肩膊上的小柔醒轉過來了。

「小柔！小柔！你終於醒來了？」張進長長吁了一口氣。「醒來就好了！太好了！」

「那個女同學仍未醒呢！來吧！我幫忙扶她去醫療室！」

「你剛剛醒來，該也到醫療室坐坐，歇一歇。」宋基跟小柔道。

十三 改變了歷史

「美姐，麻煩你啦！」張妙思道：「你回去工作吧！我會照料她們的了。」

待美姐一走出醫療室，張妙思馬上鎖上醫療室的門。

「剛才究竟發生了什麼事？」小柔坐在沙發上，兩手捧着一杯暖水，邊喝邊問。

「你記得多少呢？」張進輕撫女兒一頭細髮，問道。

「我記得……我和宋基回去了今早的時空，

希望制止綁架案的發生，結果，我自己也給綁匪弄暈了。」小柔吐吐舌頭，跟張進道：「對不起，爸爸！我擅作主張，沒有得你同意便和宋基穿越時空，累你擔心，我現在向爸爸你鄭重道歉，希望你不要怪責我。」

「你們確是有勇有謀，可惜年紀尚小，很多事情未必可以應付得來。」張進道。「今次你沒有大礙，算是幸運，又或者是媽媽在天之靈保祐你平安。」

「Uncle，我也該向你賠罪。若不是我，小柔根本不會出事。」宋基向張進低頭道歉道。

「今次算是個深刻的教訓。」張進微笑道：「以後有事一定要先跟我商量。」

「王冠思呼吸暢順，我相信待迷暈藥效力一過，她便會醒轉過來。」張妙思說道，然後，她省起了些什麼，急道：「咦？我是否該馬上通知王Sir，告訴他，王冠思已安全回到學校，着他不用再為籌贖金而奔波了。」

「慢着！讓我們先重溫一次這綁架案的時序，想一想，究竟綁匪那一通給王Sir

的電話，是否有打出過呢？因為，我們回去了今早的時空，改變了部分的歷史！」宋基神色凝重地道。

「你說得對！讓我們先想個清楚。」小柔喝了一大口水，把杯子放下，認真地道。「我記得，王Sir上第二節課，但遲了至少十分鐘才到來課室，說了幾句話，他的手機便響起來了，那就是綁匪的第一次來電，時間，約莫是九時十分至九時二十分之間吧！」

「那個時間，我們該在乘的士前往那昌英工業大廈途中，因為我有留意時間，所以能夠確定，綁匪是在我們到達前已打出了電話。」

「我對『舊歷史』仍記憶猶新！王Sir暈倒後，我拾起了他的電話，跟綁匪談了幾句，對了！我認得那把聲音！今早和冠思一起被綁架，我失去知覺前聽見他說：『她扯下我的口罩，會認得我的樣子！』我百份百肯定那是同一個人！」小柔激動地道。

「小柔，你回去了今早的時空，同被綁架，改變了舊歷史，而我也回去今早的時空，我也在改變歷史。其實，今早刑Sir幫了我一個大忙。我們趕不及制止綁架案的發生，但刑Sir請同事幫忙追蹤你的去向，查到你們身處的位置，我們截的士去營救你。

「我們幸運地遇上了一個時間旅行『發燒友』，就是接載我們的的士司機。得他相助，加上張妙思老師的妙計，我們才成功把你們帶回來。」

「原來如此，我真感激大家的幫忙。」小柔眼眶凝着淚，由衷地道。

「咦？」張進拿起震動的手機一看，跟大家道：「不好意思！刑Sir來電，我要接聽了。」

張進索性開免提，讓大家一起聽聽事情的進展。

「張先生，我是刑Sir。謝謝你今早提供的資料，當我們到達時，大廈空無一人，相信綁匪已逃去。我曾致電你，但電話未能接通。」

「我早你一步到達，只是，我耐性不夠，自己走了進去，把小柔和她的同學王冠思也救了出來。」張進道：「對不起！我沒有等候你的到來。」

「你獨自進虎穴救出兩人?!」刑Sir驚異地道。

「不！我有人協助的！」張進更正道。「我才沒有那麼神勇！」

「張先生，你現在在什麼地方？我要替你和張小姐落口供，另外，你提及她的同學王冠思和她的家人，我也要見一見呢！」

「明白的！我們現正在學校，一會兒休息完畢便回家。不如，你上我的家面談吧。至於王冠思的家人，我們有他們的聯絡電話，只是暫時未能聯絡上。」

「不要緊，你們回家後，安頓下來再致電我。」

刑Sir掛線後，小柔道：「既然，冠思已獲救，我猜王Sir也不會介意到警署落口供的。」

「綁匪在逃，案件未破，我認為王Sir會樂意和警方合作，提供資料。」張妙

思分析道：「一日未把綁匪緝拿歸案，危機仍未解除。我覺得這宗綁架案並非純粹為錢，背後目的是什麼呢？我作為旁觀者，完全想不透。不過，能夠救回冠思和小柔，今次穿越行動算是成功。」

「家姐，你還是馬上通知王Sir吧！我怕綁匪雖已失去肉參，但仍瞞着王Sir，要他交出贖金。」宋基催促家姐道。

「好！我現在就致電他。」張妙思說畢便掏出手機，準備致電。「哎——我的手機沒電了！我先返回教員室取充電器。」

十四 「簿山」中的重大發現

張妙思老師離開醫療室沒多久，小柔的手機響起來了。

「是王梓呢！」小柔看來電顯示，馬上接聽了。

「小柔，你病了嗎？」王梓馬上問道。

「我沒有病啊！」她坦白回道。

「那你今天為何缺席呢？」王梓即問。

「我被——」小柔還是把「綁架」二字吞回肚裏。始終，事件不是三言兩語能解釋清楚。「算了，改天再詳細告訴你吧。總而言之，我不是曠課。」

「我知道張小柔你不會曠課的。」王梓續道：「其實，今天我有個奇怪的感覺，我覺得，你今早是有回校上課的。我還有印象，我們一起外出吃午飯，還記得

我吃了牛雜麵。不止是我，志清也有同樣的感覺。你知嗎？今天你不在，學校又有事發生了。王Sir今天上課『遲大到』，還在課上接聽手機來電呢！不知道是誰的來電，令他大受刺激，還在課室暈倒！其他老師替他召了救護車，他都不肯上車，堅持自行回家休息……咦，小柔，我——見到你啊！你今天缺席，為何現在又會在學校出現？」

「你見到我？你在哪兒呀？」小柔立即站起來，往窗外望。

「Hello！」王梓一手握着手機，另一手向她揮了一揮。

* * *

「嘩！宋基和Uncle都在？宋基你什麼時候回來的？怎麼不來上課，卻在醫療室呢？」王梓一進醫療室，便一疊聲的吐出連串問題。「怎會這樣的？我又再一次有這奇怪感覺，我覺得自己今天曾經來過醫療室，但不是因生病而來，是——是陪伴別人進來休息，而那個人，好像——好像是王Sir。不過，沒可能呢！送他來醫療室

的明明是陸Sir，不是我。真奇怪！」

小柔和宋基聽了相視而笑。

「你們笑什麼？有事情瞞着我吧？快告訴我！」王梓溱到小柔面前，問她道。

「我……怎麼會在這兒？」

「啊！王冠思醒來了！」張進一臉欣喜地走上前跟她道：「你現正在學校醫療室。你該沒有大礙，不用擔心！」

王冠思瞪大眼睛，有些惶恐地望着他。

「Hello！我是張小柔，你還認得我吧？這位是我爸爸。冠思，你可記得今早發生的事嗎？」小柔坐到她牀邊，輕柔地問她。

「今早的事？嗯，我……很口渴，想先喝點水，可以嗎？」冠思清清喉嚨，道。

「小柔，你們陪着她吧！我出去找家姐，讓她轉告王Sir，冠思已醒來。」宋基

悄悄跟小柔道。

放學已個多小時，教員室就只剩下張妙思一人。

已是第二次走進教員室了，宋基還是好奇的四處張望。

老師桌子上全都是一座又一座的「簿山」，但無論「簿山」如何密集，桌上總放了一張至數張的溫馨家庭照或是孩子的趣怪相，好讓桌子的主人在努力工作之時，也有點甜蜜的滋潤。

就這樣無心的張望，竟給宋基在無數陌生的相片中發現了一個並不陌生的人。

十五 殘酷的真相

「什麼事呢？我現在仍有點頭暈，你不要大力拉扯我呀！」小柔給宋基拉着，走了進教員室。

「我在這兒看見了其中一個綁匪！」宋基輕聲跟他道。

「怎麼？綁匪竟然在這兒出現？他在哪？」小柔驚恐萬分地問。

「就在這兒！」宋基把一個相架放到她手上，點點相裏的一個女人，道。

小柔仔細一看，是王Sir的全家福，該是幾年前拍攝的了。那時的冠思，約莫六、七歲，兩顆乳齒甩掉了，開懷大笑時，露出兩個可愛的小洞。一家三口在主題公園的溫馨合照，兩個成員都笑容燦爛，唯獨是王媽媽，似笑非笑站在女兒身旁，連搭着女兒肩膊的姿勢也透着不自然。

「你搞錯了！兩個綁匪都是男人啊，是我親眼見到的！」小柔駁道。

「在你們昏迷的時候，我們追蹤至一間荒廢的工業大廈。我們親眼見到你倆躺在地上，而這個女人和另一名綁匪是稍後一同到來的。這個女人或許沒有親身參與綁架行動，但聽她說話的內容和語氣，我可以肯定，她是行動的主謀！」宋基道。

「你意思是——冠思的媽媽是主謀？」小柔大吃一驚。

「是！我也在場，親耳聽到她的話。當時我只覺得，她似乎頗緊張肉參，會怪責其中一個綁匪把你們放在地面的膠墊上，但，我怎也猜不到，那個竟然是王冠思的媽媽！若果她是財困，該向丈夫或親友求助才是，怎會想到綁架女兒來勒索丈夫呢？」張妙思也不解。

小柔想到今早在大廈前看冠思的周記簿，其中一篇寫到她的家庭，家人之間的關係。

她把藏在袋裏的周記簿取出，揭到唯一一篇說心底話的。張妙思和宋基湊上前

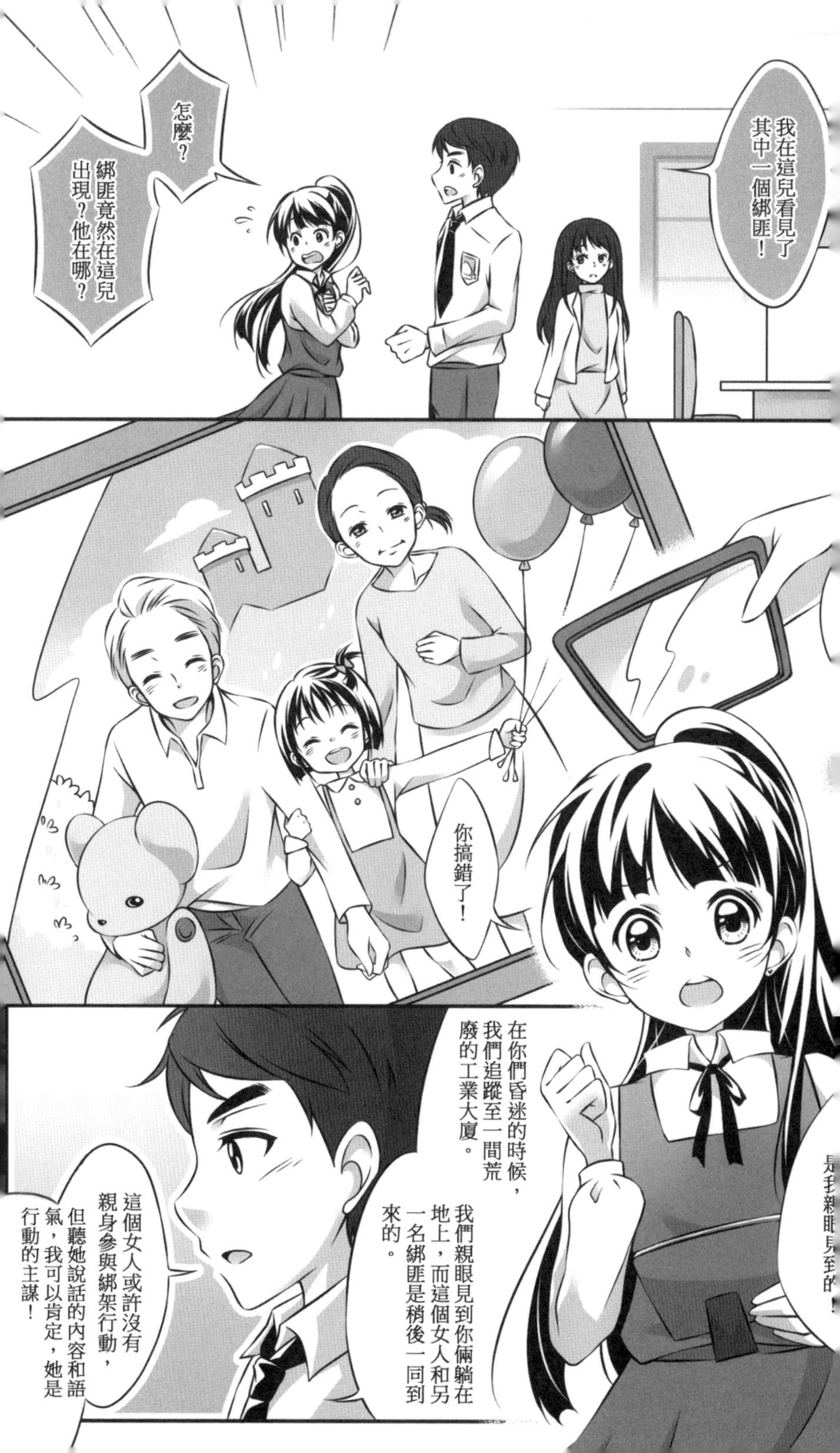
我在這兒看見了其中一個綁匪！
怎麼？綁匪竟然在這兒出現？他在哪？
你搞錯了！
是我親眼見到的！
在你們昏迷的時候，我們追蹤至一間荒廢的工業大廈。
我們親眼見到你倆躺在地上，而這個女人和另一名綁匪是稍後一同到來的。
這個女人或許沒有親身參與綁架行動，但聽她說話的內容和語氣，我可以肯定，她是行動的主謀！

一起看，恍然大悟了。

「凡事不可能只看表面。」張妙思搖搖頭，感慨地道。「一個看來美好的家，原來是千瘡百孔的。剛才我致電王Sir，通知他冠思已被救回，現在安然無恙，他開心得哭起來。那時，我還未看到王Sir桌上這張相片，未有告知他這個殘酷的真相啊！就算知道，我也不忍心告訴他。誰會想到，自己同牀共寢的妻子，竟然會策劃綁架親生女兒，勒索丈夫三百萬呢？這樣的真相，真會把人逼瘋啊！」

「真相，就留待警方調查後告訴他吧。我們要開始想想，如何幫王Sir接受事實。」小柔幽幽地道。

十六 心型鍊墜

「刑Sir，辛苦你啊！這麼晚還要勞煩你來錄口供。」

「不辛苦！我這麼晚才來，打擾你們休息，不好意思呢！」

刑Sir走進客廳，見小柔正在做功課。

「我又來打擾你了，小柔妹妹！」刑Sir在她身邊坐下，讚賞她道：「經歷今天的事，你不好好休息，還在做功課？真勤奮！」

「在香港當學生，不得不勤奮如牛，就算不舒服都不能只顧睡覺，因為，功課和測驗是不會因你病而消失的，與其康復後才『做餐死』，不如趁現在還有點精力就努力做！」小柔苦笑着擱下筆，道：「不過，為了刑Sir你，我願意暫停。請問綁架案進展如何呢？」

「頗為順利啊！」刑Sir坐到他們面前，先問：「張先生，請問你是否認識一個叫朱英俊的人？」

「是的！今早，我們就是上了他的的士，由他接載到昌英工業大廈的。他還非常熱心，替我們引開其中一個綁匪的注意，讓我們救出王冠思和小柔。」張進對朱英俊讚不絕口。

「今天，當我和手足到達昌英工業大廈時，你們已離開，綁匪也逃去了，現場只有綁匪遺下的日用品和食物。就在鑑證科到場套取指模的當兒，報案中心的同事忽然來電，說有市民提供了綁匪的資料，還指明資料一定要第一時間交給刑Sir。他說不出是負責那一科的刑Sir，只說資料極其重要，不可輕視，報案中心同事只好致電警隊所有刑Sir，幸好姓刑的人不多，也是當差的就只有合共四個。我接報後馬上趕去他報上的地點。那朱英俊還留在該大廈管理處等我，我一到埗，他便告訴我綁匪所在的單位。他竟然冒險跟蹤綁匪！

「我們根據他的資料，走上單位拘捕了兩男一女共三名綁匪。三人起初否認控罪，但當我們在女綁匪身上搜出一樣證物，她完全無法給我合理解釋，在我再三審問下，她終於和盤托出一切。」

刑Sir口中的女綁匪，就是王Sir的妻子了。

小柔深深吸了一口氣，靜待刑Sir續下去。

「女綁匪竟然是肉參王冠思的親生媽媽！這樣曲折的案情，該在電影或小說裏才會有的。我當差這些年，從未聽聞。女綁匪說，其實她工作壓力極大，因為常常要應付怪獸家長各式各樣的投訴，引致她經常性失眠，人又煩躁，想索性辭工，但又想有收入，便開始學人炒股票和窩輪，希望『搵快錢』，卻連番投資失敗，還欠下債項。受友人，即另一綁匪的唆擺下，她還嘗試過澳門賭博，希望『翻身』，豈料一鋪清袋，還欠大耳窿債。

「我問她，為何不和丈夫商量欠債一事，她說早已在數年前，與丈夫感情轉

淡，還越趨惡劣，不過，為了獨生女兒，雙方都沒有提出離婚，雖然婚姻早已名存實亡。兩人在同一屋簷下，可惜已成了陌路人，兩夫婦可以整整兩三個星期沒有交談過，一開口說話就是吵架。」

「在沒有其他解決方法下，她的友人竟然想出了以綁架她的女兒，向她的丈夫索取贖金，而她，竟然認為計劃可行。她欠債接近三百萬，遂要求這個數目的贖金，亦料到這個數目是在他能力範圍內，並該可以在短時間內籌到。

「她的友人經人介紹，找到一個曾犯欺詐恐嚇罪而坐牢的人，三人開始策劃綁架案。她自稱要往外地交流，只是欺騙丈夫，她根本沒有離開香港。以為恐嚇事主不要報警，不會驚動到警方，便非常『安全』，殊不知在綁架時，小柔妹妹會突然在王冠思身邊出現，令綁架案複雜了。

「我問她怎會忍心綁架親生女兒？就算使用最少的暴力，女兒還是有可能受傷甚至失去生命，在過程中所受的驚嚇，更會引致人恐慌，會有後遺症。她沒有回

答，只是不停的哭，可惜，一時想歪了，犯了法，後悔亦太遲。

「當我知道原來她在星星級名師補習社任職補習導師，我更詫異。為人師表，竟淪為綁架案主謀，真的悲哀，也令人難以置信。

「她的丈夫王勁發知道妻子是綁架主謀，更是震驚得說不出話來，最後泣不成聲，我也不知如何安撫他。

「王冠思仍然留院觀察，她仍未知道媽媽就是案件的主謀。醫生建議待她情緒較穩定，才由爸爸告訴她。

「案件的進展大致是這樣。張先生、小柔妹妹，我們現在可以開始落口供嗎？」刑Sir問。

「可以。」張進點了點頭，又問身邊的小柔：「你準備好了吧？」

「隨時可以。」她淡淡地微笑道。

「在我開始前，先問你一個問題。」刑Sir把一條項鍊放在小柔面前，問道：

「這條項鍊是否屬於你的？」

「對啊！」小柔一看，掩臉驚叫起來。「原來我遺失了?!我完全沒有察覺到呢？」

「這條項鍊，是我太太的遺物。」張進把它雙手拿起來，深情地道：「她臨離世時交托我把它留給小柔。」

「我是在其中一個綁匪身上搜出的。」刑Sir續道。「他堅持這條項鍊屬於他的，但我不相信。我仔細觀察，發現這純銀心型鍊墜其實可以打開的，裏面是兩母女的小相片。雖然是舊相，但我仍認得出，相片中的是小柔和你媽媽。」

「是！刑Sir，是的！我一直戴着，甚至上課也戴着，藏在校服裏，沒有人知道。一定是在被綁架途中掉下了，給綁匪藏起，幸好刑Sir你發現了！謝謝你！」小柔由衷地道。

十七 你也能穿越時空

「Hello！小柔你看起來很疲倦呢？」

臨睡前和宋基視像通話時，他第一句便這樣說。

「是！今天真是漫長的一天！」小柔忍不住打了個呵欠。

「算了！你還是早點上牀吧！反正明天我們都會在學校見面。」宋基笑道。

「不！現在談一會兒還可以的！」小柔堅持道。「因為，我不知道你會留在二〇一七多久，所以，有機會傾談便要盡情地談。我怕你又會隨時消失，音訊全無。」

「你放心吧！每次我離開，我一定一定會告訴你。」宋基道。

剛可以見面，小柔不想提及「離開」二字，雖然明知道他始終有一天又要

離開。

「你爸媽說打算來見見女兒的男朋友，他們有否提及什麼日子會來？」她故意轉話題。

「沒有確定的日子，不過，家姐在這星期六生日，爸媽很大機會會在當日或早一日來。你一定要來跟他們見面啊！」

要我跟他爸媽見面，是有特別的含意吧？

「好！難得他們到來，我一定會和他們見面！」小柔道。

「小柔，我想問你一個問題。」宋基忽然道。

「什麼問題？儘管問吧！」

難道他想以「女朋友」身分向他爸媽介紹我？

小柔的心砰砰狂跳。

不會吧？我們相識的時間這麼短！

「小柔，在你身後那吊櫃上放着的那本是漫畫書吧？可否拿過來給我看清楚？」

原來他看到那本《少女偵探藍天》！

「當然可以！」小柔轉身把書拿到鏡頭前。

「嘩！怎麼這漫畫女主角和你這麼相像？簡直好像是以你為模特去繪畫呢！」宋基驚異地道。

「我也很想知道。」小柔道：「這套漫畫集的作者竹山勁太其實是在幾十年前創作這個角色的，那個時候我當然仍未出世，女主角與我相像，我覺得很不可思議。等等，我給你看一樣

東西！」

小柔從抽屜取出那張竹山太太托莫老師轉交給她的相片，又放在鏡頭前，道：

「相片中人——」

「那根本就是你！」宋基搶着道。

「不！那不是我！」小柔反轉相片，指着上面以黑色原子筆寫的幾個字：

「竹山勁太和藍天，攝於一九七四年」

「一九七四年？這相片是幾十年前拍的？」宋基驚道。

「是！很多問題，我都想請教相中人，即是這漫畫系列的創作人——竹山勁太。可惜，他遇上了交通意外，現正在醫院昏迷不醒，而且蘇醒無期。他的太太又因心臟病發，也在醫院治理，沒可能回答我的問題。」小柔歎道。

「小柔，我有個大膽假設。」宋基吞了一口涎，才徐徐說道。

「什麼假設？」她問。「你即管說吧。」

「小柔，你有否想過，或許你也有穿越時空的能力，只是你不自知呢？」

怎麼？我有穿越時空的能力？

君比‧閱讀廊

漫畫少女偵探④

回到案發前的一刻

作　者：君比
繪　圖：步葵
策　劃：甄艷慈
責任編輯：周詩韵
美術設計：何宙樺
出　版：山邊出版社有限公司
香港英皇道499號北角工業大廈18樓
電話：（852）2138 7998
傳真：（852）2597 4003
網址：http://www.sunya.com.hk
電郵：marketing@sunya.com.hk
發　行：香港聯合書刊物流有限公司
香港新界大埔汀麗路36號中華商務印刷大廈3字樓
電話：（852）2150 2100　傳真：（852）2407 3062
電郵：info@suplogistics.com.hk
印　刷：中華商務彩色印刷有限公司
香港新界大埔汀麗路36號

二〇一七年三月初版
二〇一八年六月第二次印刷

ISBN: 978-962-923-442-3

18/F, North Point Industrial Building, 499 King's Road, Hong Kong
Published and printed in Hong Kong